Brigitte Stenzhorn
Der Mond steht Kopf

Der Mond steht Kopf

Kurzgeschichten und Miniaturen aus
verschiedenen Perspektiven

von
Brigitte Stenzhorn

mit Illustrationen
von
Lemonie Pearl

Originalausgabe
November 2023

Bibliografische Information der Deutschen Nationalbibliothek:
Die Deutsche Nationalbibliothek verzeichnet diese Publikation
in der Deutschen Nationalbibliografie; detaillierte bibliografische
Daten sind im Internet über dnb.dnb.de abrufbar.

Umschlagabbildung: Lemonie Pearl
Satz: Andrea Deines
Herstellung und Verlag: BoD – Books on Demand, Norderstedt

ISBN 978-3-7583-1273-1

Wer eingefahrene Denkstrukturen verlässt, wer aus dem Wasser steigt und unbekanntes Land betritt, weiß nicht, wohin es geht, doch der Weg wird sich lohnen.

Inhaltsverzeichnis

Der Mond steht Kopf

In Chile steht der Mond auf dem Kopf.
    Das Lachgesicht lächelt nicht,
    die Sicht ist auf den Kopf gestellt.

Der Äquator teilt die Menschen auf der Erde
    in zwei Teile:
    In die, die bei Nacht das Lächeln
    des Mondes sehen und
    in die, denen der Mond nicht lacht.

Deshalb lächeln die Chilenen selbst.
    Sie feiern Fiestas, singen, tanzen.
    Der Mond sieht das und lächelt in sich hinein.
    Unsichtbar für die Chilenen.

Im Osten geht die Sonne auf, im Süden ist ihr Mittagslauf, im Westen muss sie untergehen, im Norden ist sie nie zu sehen. Das habe ich in der Schule gelernt.
    Erst in Chile, als die Mittagssonne plötzlich aus dem Norden kam, wurde mir bewusst, wie die Hälfte der Welt – die südliche – ausgeschlossen wurde aus dem Lehrplan des Nordens.

Freiheit

Vorsicht ist die Mutter der Porzellankiste

Vorsicht ist die Mutter der Porzellankiste. Und der Vater? Wer ist der Vater?

Die Rücksicht? Die Nachsicht? Die Absicht? Nein, ist alles weiblich!

Hat die Porzellankiste also nur Mütter und keinen Vater? Da wäre sie dann in guter Gesellschaft, dachte sich Bea, denn viele Kinder haben keine Väter, aber Mütter, die Vorsicht, Rücksicht, Nachsicht oder Absicht heißen.

Vorsicht ist die schlimmste von allen. Die Porzellankiste zum Beispiel packt die Mutter nur an hohen Feiertagen aus, damit den guten Stücken nichts passiert. Wer immer aus der zarten Porzellantasse trinkt, genießt es nicht, denn Vorsicht ist geboten! Filigran liegt der Henkel in der Hand.

Wie die Porzellankiste darunter leidet, dass sich niemand traut, das schöne Porzellan zu nutzen, so leidet auch Bea unter der *Vorsicht*. Eingesperrt in das Haus, kein wilder Auslauf, keine Raufereien wie ihr Bruder, vorsichtiges Herantasten an die Welt. Und keiner wagt es, Bea zu berühren, denn ihre Mutter beschützt und behütet sie wie ihren eigenen Augapfel.

Rücksicht hasst Bea fast genauso wie die Vorsicht. Immer nimmt sie Rücksicht, Rücksicht auf die Mutter, die müde ist und sich Hilfe bei der Hausarbeit wünscht, Rücksicht auf den Bruder, der die Sportschau sehen muss, damit er seinen Lieblingsfußballverein verlieren sieht, und Rücksicht auf den Vater, der meist abwesend ist, aber wenn er zu Haus ist, dann belegt er ihren Platz auf dem Sofa und schaut mit dem Bruder Sportschau.

Nachsicht hat Bea mit ihrer Mutter, die immer jammert und klagt und sie in Beschlag nimmt. Bea hilft und übt Nachsicht. Nachsicht erlaubt ihr ein Stückchen Überlegenheit.

Wer nachsichtig ist, hat etwas zu geben, der kann es sich leisten zu verzeihen, wer nachsichtig ist, bringt andere in Unterlegenheit!

Am liebsten ist Bea die *Absicht*. Bea genießt sie sehr und stellt sich oft vor, wie sie Mutters Porzellankiste absichtlich öffnet und Teller für Teller auf den Boden und Tasse für Tasse gegen die Wand knallt.

An die Porzellankiste traut Bea sich noch nicht ran, doch beim Abspülen zerspringt schon mal ein Glas. Die Linsen sind ab und an versalzen. Und wenn Bea die Fernbedienung mit großer Absicht vor ihrem Bruder versteckt oder wenn sie absichtlich auf den Fliesenboden spuckt, nachdem sie ihn geputzt hat, fühlt sie sich ein klein wenig frei. Ja, Freiheit, *die* Freiheit, weiblich, aber das ist eine eigene Geschichte, Jahre später.

Linsen-Gericht

Bea saß im Theatercafé. Sie war froh, nach der Aufführung eine Stunde für sich zu haben. Das Leitmotiv des Stückes – die Freiheit – hatte sie berührt.

»Ich bin so frei«, sagte der Mann und setzte sich neben sie. Etwas zu nah, nach ihrem Gefühl.

Aus dem Augenwinkel betrachtete sie ihn: Mitte 40, gut gekleidet, Designerbrille, das Theaterprogramm in der Hand. Er hatte eine gute Figur, aber ein aufgeschwemmtes Gesicht und schlechte Haut. Zu viel Alkohol, vermutete sie.

Sie spürte, dass er sie beobachtete und rückte ihren Stuhl möglichst unauffällig Millimeter für Millimeter von ihm weg. Tat, als würde sie seine Anwesenheit nicht bemerken, versuchte, ihn zu ignorieren.

Das gelang ihr nicht lange, denn gleich darauf schaute der Mann sie an, lächelte auffordernd und fragte: »Na, wie hat Ihnen das Stück gefallen?«

Manche Menschen antworteten reflexartig, wenn man ihnen eine Frage stellte, alles andere wäre für sie unhöflich, ein No-Go. Andere Menschen waren so frei und nutzten das schamlos aus.

Bea antwortete: »Gut!«. Sie glaubte an die Freundlichkeit. Höflichkeit lag in ihren Genen. Das hatte sie von ihrer Mutter geerbt, nicht vom Vater, denn der brüllte, wenn ihm etwas nicht passte, ihre Mutter jedoch war immer freundlich geblieben.

Bea hoffte, dass der Mann ob ihrer knappen Antwort verstehen würde, dass sie kein Interesse hatte an einem längeren Gespräch. Vergebens.

Er betrachtete sie eindringlich, fixierte sie von oben

bis unten und fuhr fort: »Ja, ich fand das Stück auch exzellent, vor allem, wie der Begriff der Freiheit verhandelt wurde! Freiheit ist ein nicht veräußerbares Gut, ein Bürgerrecht sozusagen, ein Menschenrecht! Obwohl, den meisten Menschen ist der Wert der Freiheit gar nicht bewusst. Manche können nicht einmal ihre eigene, ihre sexuelle Freiheit ausleben. Gerade die Frauen haben da noch ein großes Defizit, obwohl heutzutage die sexuelle Freiheit doch kein Thema mehr sein sollte! Was meinen Sie?«

Bea meint nichts, sie spürte nichts, sie war wie gelähmt. Dann kam sie, die Hitze, die ihre Verlegenheit verriet. Ihr Gesicht wurde heiß und wahrscheinlich war sie wieder rot geworden. Sie wusste nicht genau, ob vor Scham oder Zorn.

Nun galt es, Zeit zu gewinnen. Sie rührte in ihrem Kaffee, suchte nach einer höflichen Antwort, dachte an ihre Mutter. Bei aller Contenance war ihre Mutter eine rebellische Frau gewesen. Ärgerte sich Beas Mutter über ihren Ehemann, kochte sie Linsen. Der hungrige Gatte hasste Linsen, wusste aber, dass das gemeinsame Mahl die einzige Möglichkeit war, seine Gattin zu besänftigen.

Ja, Beas Mutter hatte Guerilla-Strategien entwickelt, um sich durchzusetzen ohne ihre Freundlichkeit preiszugeben. Auf dumme Bemerkungen gab sie ausweichende, manchmal leicht unsinnige Antworten und Bea wusste aus ihren Schlagfertigkeitsseminaren, dass das eine gute Strategie war.

Als sich Beas Gesicht wieder normal anfühlte, hatte sie die Antwort. Sie sah den Mann in die Augen und sagte: »Wie wahr, die Freiheit! Sie ist immer die der Andersdenkenden. Und jetzt möchte ich Linsen kochen.«

Fabian

Fabian liebte seine Frau Bea. Und Fabian liebte Linsen, eigentlich. Aber seit er Bea kannte, hatte er den Eindruck, dass Linsen der Gradmesser ihrer Stimmung und manchmal sogar ihrer beider Beziehung waren.

Inzwischen konnte er schon am Geruch im Hausflur erkennen, ob es am Abend Sex oder Diskussionen gab. Und das hatte nicht unbedingt etwas mit ihm zu tun.

Auch als seine Frau aus dem Theater früher nach Hause kam und die Linsen aus der Einkaufstasche spitzten, war er sich keiner Schuld bewusst.

Bea grüßte kaum. Sie murmelte etwas von Freiheit und dass Freiheit nicht das Maß aller Dinge sei, schließlich schränke die Freiheit eines Einzelnen die Freiheit von anderen ein.

Sie packte aus, schnitt die Linsenverpackung auf. Dann fasste sie ihre Gedanken für ihn zusammen: »Also wenn sich einer in Freiheit eine Frechheit rausnimmt, dann kann man auf diese Freiheit doch verzichten!«

Sie sah ihn herausfordernd an. »Was meinst du denn dazu?«

Fabian dachte nach und sagte: »Schatz, wollen wir heute Abend nicht lieber auswärts essen gehen?«

Da mussten beide lachen und Bea fühlte sich frei.

Du bist, was du isst

»Die Freiheit nehm ich mir, ein Schnitzel am Tag, das muss sein«, dachte sich Fridolin. Gerade hatte sein Freund Tim ihm erklärt, er würde ab heute kein Fleisch mehr essen, der Tiere wegen. Von wegen, der Tiere wegen! Tim wurde zunehmend radikaler. Und er hatte immer etwas an ihm auszusetzen. Letzte Woche war es das Plastikmaterial, in dem seine Fertigschnitzel eingepackt waren und heute waren es die Schnitzel selbst.

Fridolin beeindruckte das nicht. Er hatte Hunger und er würde sicher kein Vegetarier werden. Er stellte sich Tim vor, wie er Grünzeug aß, wie eine Kuh … Allein, ihm fehlten die vier Mägen, um das Ganze zu verdauen!

Trotzig riss Fridolin das Schnitzel aus der Verpackung. Ein Aroma aus Stall, Wiese und Bauernhof kam ihm entgegen. Es erinnerte ihn an das wahre Leben: Stroh, Ferkel, eine fette Sau und die Bäuerin, rotbäckig und wohlgenährt!

Er erhitzte Fett und legte das Stück sachte, fast zärtlich in die Pfanne. Behutsam briet er das Fleisch, holte es, als es durch war, heraus, drapierte es auf den Teller und aß es genüsslich auf.

Das Schwein schmeckte besser denn je. Kaum hatte er aufgegessen, sehnte er sich nach dem nächsten Schnitzel. Er öffnete eine weitere Packung, inhalierte das aufsteigende Aroma, sah die Schweine vor sich und ließ seinen Sehnsüchten freien Lauf. Am liebsten hätte er sofort hineingebissen. Er beherrschte sich noch ein paar Minuten, dann holte er sich das Fleisch und schlang es hinunter.

Sein Hunger war nicht gestillt. Er wollte, ja er brauchte Schweinefleisch. Er öffnete Packung um Packung, briet Schnitzel um Schnitzel. Dann verschlang er das Fleisch roh, grub seine Zähne in das Schwein, kaute – und war seltsam glücklich.

Zumindest behauptete Fridolin das grunzend, als sein Freund Tim ihn Tage später fand. Fridolin hatte auf die Anrufe seines Freundes nicht reagiert. Der hatte sich Sorgen gemacht und die Wohnung aufgebrochen, sich durch den Müll gewühlt. Umgeben von Plastikbergen lag sein Freund auf dem Bett, komatös und mit rosiger Haut.

Er war verwandelt. Die Augen klein, die Ohren groß, die Haut rosa und mitten im Gesicht schien sich ein Rüssel zu bilden. Als Fridolin anfing zu grunzen, erkannte Tim erst am Refrain, dass er sang: Du musst ein Schwein sein auf dieser Welt …

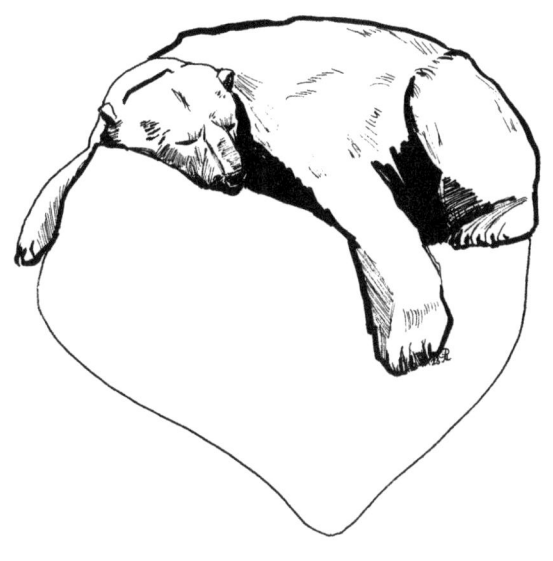

Liebe

Eberhard

Schon von weitem hatte sie den Eindruck, sie würde ihn kennen. Eine runde, vertraut wirkende Silhouette kam auf sie zu.

Willi? Fritz? Eberhard? Mirjam wusste noch, dass er einen altmodischen Namen trug, der im Gegensatz stand zu seiner zeitlosen Erscheinung. Er war die Art Mann, die man sah, ignorierte und die dann – wie alter Wein – im Nachgang wirkte. So einer war Eberhard.

Genau, Eberhard hieß er. Und damals wie heute fand sie es lächerlich, wie konnte man nur so heißen?

Eberhard, der Mann, der einen blamierte, wenn man mit ihm um die Häuser zog, der ständig große Sprüche klopfte und keine Schwäche zugab, obwohl ihm jeder die Schwäche ansah. Wahrscheinlich hatte er sich immer zu dick gefühlt und das mit männlichem Gehabe kompensiert.

Mirjam erinnerte sich: Ein korpulenter Eberhard stand am Rande der Schülerparty, das Gesicht glatt und prall, der Bauch hing über die Hose. Er fixierte sie und riss Sprüche wie »Hi Babe, haste mal ne Zigarette« oder »Wow, cooler Body!«

Er hatte sie hofiert, ihr den ganzen Abend gesagt, was für eine tolle Frau sie doch sei. Ihre Freundinnen hatten sich darüber lustig gemacht. Später, nach der Party, zu Hause, hatte sie sich darüber geärgert, musste aber gleichzeitig an seine Augen denken, tiefseeblaue Augen!

Hätte er zu sich gestanden und öfter geschwiegen, vielleicht hätte damals trotzdem etwas aus ihnen werden können. Denn bei aller Peinlichkeit, und auch wenn der restliche Körper nicht dazu passte: Seinen Augen hatte sie kaum ausweichen können, darin konnte sie sich verlieren, die zogen sie an.

Und nun kam er auf sie zu. »Hi Mirjam, wo warst du nur so lange, du Liebe meines Lebens«, war das erste, was er sagte. Sie verabredeten sich für den nächsten Tag, der alten Zeiten willen.

Am anderen Morgen dachte sie darüber nach, was sie anziehen sollte. Sexy, das kleine Schwarze? Lieber nicht, das könnte Begehrlichkeiten wecken. Vielleicht das neue meeresblaue Sommerkleid? Passend zu seinen Augen, Partnerlook sozusagen. Sie musste schmunzeln.

Mittags wählte sie seine Nummer um abzusagen, legte sofort auf, als sie das Freizeichen hörte. Ist ja nur ein Treffen. Sie war schon lange nicht mehr ausgegangen. Warum nicht mit Eberhard einen schönen Abend erleben, bei einem guten Essen? Vielleicht danach ein bisschen Sex? Hm, lieber nicht, er ist ja doch recht korpulent … der Eberhard. Mirjam war verwirrt. Was hatte sie da gedacht? Das Mittagessen ließ sie ausfallen, hatte keinen Appetit, sie war nervös, es grummelte in ihrem Magen. Eberhard!

»Herr Ober, das Beste für die schönste Frau der Stadt!«, rief er, als sie das 3-Sterne-Restaurant betraten. Sie hörte Getuschel und wünschte, sie wäre unsichtbar.

Dennoch genoss sie die Austern, den Lachs und das Tiramisu. Maritimes Essen, passend zum Kleid, Eberhards Augen und den vorzüglichen Weißwein, dem beide in vollen Zügen zusprachen.

Jahre später dachten sie gerne an diesen Abend zurück. Inzwischen hatten sie zwei Kinder mit tiefseeblauen Augen und einen Hund. Eberhard war noch immer gut genährt, aber die Sprüche hatte Mirjam ihm abgewöhnt.

Wünsch dir was

Wünsch dir was! Mirjam hatte die Augen verbunden, den Mund leicht geöffnet. Sauer, oder besser: Süßsauer sollte es sein, vielleicht mit einem Schuss Schärfe. Eberhard verstand.

Er mischte Honig mit Zitrone und kristallklarem Wasser, das er extra für heute aus der nahen Quelle gezapft hatte. Etwas Ingwer, Chili, Koriander … ja und dann eben noch seine magische Pfefferrezeptur. Er garnierte das Ganze mit Fliederblüten, tauchte seinen Zeigefinger in die Soße, schleckte ihn ab und nickte zufrieden.

Behutsam streichelte er ihr über die Lippen. Sie gluckste und fragte: »Erinnerst du dich, als du mir letztes Mal den Fisch in den Mund gesteckt hast, den, der etwas modrig schmeckt und der in Lappland eine Spezialität ist?«

Ob er sich daran erinnerte? Natürlich! Surströmming. Wie könnte er das je vergessen.

Er hatte den Fisch damals im Internet bestellt und die Dose sehr vorsichtig geöffnet. Sofort hatte sich dieser faulige Geruch im Zimmer ausgebreitet. Sie hatte die Nase gerümpft, ihm dennoch vertraut und das kleine Stückchen Fisch in den Mund gesteckt.

An ihrem Gesichtsausdruck hatte er gemerkt, dass es etwas Besonderes war. Als auch er den Fisch probierte, überwältigte ihn der modrige Geschmack. Er zog sie zu sich und tauchte sogleich mit ihr ein in die Tiefen eines sumpfigen Teiches.

Sie hatten sich beschnuppert, waren gemeinsam durch den feuchten Schlamm gekrochen und hatten die modrigen Abgründe ihrer Seelen erkundet. Sumpfig, schlammig und erden.

Die Liebe hatte nach italienischer Fischsuppe geschmeckt, der Fisch, noch ganz, schaute mit seinem glasigen Auge ihrem Spiel zu. Wie im Fieber fantasierten sie sich durch eine fast undurchdringbare Wasserwelt, unerreichbar für alle anderen, erfüllt mit Todessehnsüchten und gleichzeitig mit wildem Leben.

Er konnte sich nicht mehr an alle Einzelheiten erinnern, doch er wusste, dass sie sich erst nach zwei Tagen mühsam an Land geschleppt hatten – müde und erschöpft ihre Körper, doch ihre Seelen erfrischt wie nie zuvor.

Heute also süßsauer scharf. Voller Vorfreude schob Eberhard Mirjam einen Löffel seiner magischen Soße in den Mund.

Wikipedia zum Surströmming:

In Deutschland verspritzte zu Weihnachten 1981 eine Mieterin absichtlich im Treppenhaus Surströmmingbrühe. Ihr Mietvertrag wurde fristlos gekündigt. Das Landgericht Köln bestätigte die Kündigung, nachdem in der mündlichen Verhandlung eine Dose Surströmming geöffnet worden war.

Wo Liebe auf Wahnsinn trifft

Valentin, der Beschützer der Liebenden, schaute vom Himmel herab. Wie jedes Jahr war er auch heute entsetzt, was an seinem Namenstag geschah: Ehepaare, die im Alltag kaum miteinander sprachen, wollten den Tag der Liebe gemeinsam feiern. Sie machten sich teure Geschenke, gingen Essen und schwiegen sich schon nach der Vorspeise an. Verliebte Mädchen warteten auf eine Rose ihres heimlich Angehimmelten. Vergebens, die Rose erhielt die beste Freundin! Schüchterne Jungs überreichten ihrem Schwarm eine Blume und wurden verschmäht.

Wenn aber ein Paar sich fand, sich liebte und diese Liebe ohne Ehegelübde feierte, bekam der heilige Valentin wirklich Probleme. Schließlich war die Bewahrung der jungfräulichen Unschuld Teil seiner Aufgabenbeschreibung als Heiliger.

Das war früher schon ein schwieriges Unterfangen, heutzutage fast unmöglich. Die Fleischeslust bestimmte den Zeitgeist. Seine Firma aber bestand auf Jungfräulichkeit, erwartete, dass ihre Führungskräfte keinen Sex hatten und dass die Gläubigen an die unbefleckte Empfängnis glaubten.

Er, der heilige Valentin, stand für die Liebe. Und die war – seiner Beobachtung nach – oft mit erfülltem Sex verbunden.

Dieser Widerspruch machte ihn wahnsinnig! Und so war es ein glücklicher Umstand, dass er neben der Bewahrung der Jungfräulichkeit auch für den Wahnsinn zuständig war, denn nur im Wahn konnte er das ertragen.

Wikipedia zur Arbeitsbeschreibung des heiligen Valentin:

»Der heilige Valentin ist der Schutzpatron der Jugendlichen, Reisenden und Imker. Er wird bei Wahnsinn, Epilepsie und Pest angerufen. Zudem soll er zur Bewahrung der jungfräulichen Unschuld und zu einer guten Verlobung und Heirat verhelfen.«

Schönheit

Busen statt Flusen

Gabriele war Anfang fünfzig, Hausfrau und neuen Dingen gegenüber nur bedingt aufgeschlossen. Als vor ein paar Wochen ihre alte Waschmaschine den Geist aufgegeben hatte, konnte sie einem Sonderangebot ihres Installateurs dennoch nicht widerstehen. Sie erwarb den Prototyp einer intelligenten Waschmaschine, die – so das Versprechen – mit ihr sprach, wenn es Probleme gab.

Nun war es so weit, das Flusensieb war verstopft. Wo man die Sprachfunktion einschaltet, hatte ihr der Installateur erklärt und nun kniete sie vor der Waschmaschine, schaute in die Trommel und begann ihre Konversation: »Hallo Waschmaschine, bitte entferne jetzt die Flusen.«

Gabriele wusste, dass ihre neue Waschmaschine mit KI, also Künstlicher Intelligenz, ausgestattet war, doch sie wusste nicht, dass die Künstliche Intelligenz noch nicht ausgereift war und erst trainiert werden musste. Zu diesem Zweck waren eine Kamera und eine SIM-Karte eingebaut. Hätte Gabriele jemand davon erzählt, hätte sie gelacht und von Fake News gesprochen.

Musa, Mitte 40, lebte in Kuala Lumpur und war Deutschlehrer. Er unterrichtete malaysische Mediziner, die in Deutschland Fuß fassen wollten. Sein schmales Einkommen besserte er als Artificial Intelligence Enabler auf. Er kümmerte sich um Kundenanfragen, die für das System neu waren. Damit sie künftig maschinell beantwortet werden konnten, speicherte er die Fragen und Antworten in der Datenbank.

Als Gabriele das Flusensieb säubern wollte, saß Musa vor seinem Computer, hatte Kopfhörer auf und beobachtete am Bildschirm Gabriele, vor allem ihren Ausschnitt. Er war müde, aber Gabriele gefiel ihm. Die Aufforderung »Bitte entferne die Flusen« kannte das System nicht, also war er an der Reihe. Oder hatte sie Busen gesagt? Das Wort kannte er: Busen, Substantiv, maskulin, der Busen.

Musa tippte die Antwort ein, die der Sprachcomputer dann Gabriele vorlas: »Ich kann den Busen nicht entfernen.«

Gabriele: »HÄ?«

Musa korrigierte: »Der Busen ist nicht zu entfernen.«

Gabriele litt unter ihrem üppigen Busen und hatte schon manchmal darüber nachgedacht, ihn verkleinern zu lassen. Doch vorschreiben ließ sie sich nichts. Sie vergaß das Flusensieb.

Gabriele: »Wieso Busen? Was geht dich mein Busen an?«

Musa: »Was genau wünschst du dir? Möchtest du deinen Busen entfernen?«

Gabriele: »Nein, was ist denn falsch an meinem Busen?«

Musa fand, dass nichts falsch daran war, aber nun wollte er keinen Rückzieher machen. Dann fiel ihm sein ehemaliger Schüler Abud bin Marambu ein.

Musa: »Ja, er passt schon, aber ich kenne einen Schönheitschirurgen, Abud bin Marambu, der wohnt wie du in Stuttgart, ein Spezialist in Sachen Busen. Der könnte ihn noch passender machen, vielleicht ein bisschen anheben, dann schaust du jünger aus.«

Gabriele: »Wieso anheben? Ich dachte eher an verkleinern.«

Musa: »Nein, bitte nicht verkleinern, wenn, dann nur etwas straffen, etwas anheben.«

Gabriele: »Was heißt straffen, meinst du etwa, dass mein Busen hängt? Der hängt doch nicht!«

Gabriele hörte, wie ihr Mann nach ihr rief und merkte, wie absurd die Situation war. Sie sprach mit der Waschmaschine über ihren Busen! Sie stand auf, murmelte ein – Ach leck mich doch – und ging in die Küche, um das Abendessen zu kochen.

Am anderen Tag googelte sie Schönheitschirurgen in Stuttgart und fand den exotischen Namen Abud bin Marambu.

Auf Musas Konto gingen Zahlungen aus Stuttgart ein mit einem Dankesschreiben von Abud.

Muttermale

Zwei Muttermale prangten auf Maras Wange, nebeneinander, wie zwei Augen, die sie anglotzten. Sie betrachtete ihr Spiegelbild kritisch.

»Ihr blöden Muttermale! Und warum heißt ihr eigentlich Muttermale?«

Die Muttermale hatte Mara schließlich vom Vater geerbt, sie müssten Vatermale heißen. Sie waren allgegenwärtig, sie starrten sie an, wenn sie vor dem Spiegel stand, sie spiegelten sich in den Augen ihres Gegenübers, jedes Schaufenster zeigte ihr die Schandmale. Des Nachts, wenn sie schlief, bevölkerten sie ihre Alpträume. Zwei schmutzig-straßenköterbraune Augen, die nicht ruhten, die brannten, die sie hasste.

Als Mara den berühmten Professor Dr. Dr. Friedhelm Schmutzer kennen lernte, hätte sich alles ändern können. Er, der Schönheitschirurg, der vor allem für Frauen der reichen Elite die Rettung war, hatte ihr angeboten, ihren Makel zu entfernen.

Ansonsten schien er sie attraktiv zu finden. Ihr Busen, meinte er zu ihr, sei phänomenal, da kenne er sich aus! Und es sei ja nur für eine Nacht. Klar, sie müsse dann schon etwas leisten, also prüde dürfe sie da nicht sein. Danach wäre sie makellos.

Seitdem trug Mara ihre Muttermale mit Stolz und nannte sie gerne Muttermale, denn den Mut und die Wut, die hatte sie von ihrer Mutter geerbt.

Keine Macht den Spiegeln

Als Elsa morgens in den Spiegel schaute, schnitt sie Grimassen, zeigte der Welt, was sie von ihr hielt. Manchmal aber mischte sich der Spiegel ein.

Er war ihre moralische Instanz: »Putz die Zähne, kämm die Haare, drück die Pickel aus, reiß dir die Barthaare aus dem Gesicht!«, zischte er dann, oder war er eine sie? Die Stimme war eindeutig weiblich.

Meistens nahm sich Elsa die Worte zu Herzen, doch heute hatte sie keine Lust.

»Ich putz heute keine Zähne!«, sagte sie.

Spiegel: »Das geht aber nicht, Zähne müssen geputzt werden.«

Elsa: »Nein.«

Spiegel: »Das geht doch ganz flott und effizient. Jeder anständige Mensch putzt sich die Zähne«

Elsa: »Ich nicht!«

Was war so ein Spiegel denn? Nur leblose Materie, die kein Recht hatte, ihr Vorschriften zu machen, kein Recht, sie zu zwingen und vor allem: Keine Macht! Und so schnitt Elsa eine Grimasse, streckte die Zunge heraus, lachte, raufte sich die Haare, schüttelt sich und ging hinaus: ungekämmt, ungeschminkt, mit Damenbart und ohne Zähne zu putzen.

Draußen spürte sie den schalen Geschmack ungeputzter Zähne im Mund. War es jetzt eine Niederlage, wenn sie zurück ins Bad ging?

Nein! Sie kehrte um, stellte sich vor den Spiegel, fuhr sich mit der Zunge über Lippen und Zähne, nahm die Zahnbürste und strich so viel Zahnpasta darauf, dass ihre Mutter, hätte sie zugesehen, sie für ihre Verschwen-

dungssucht getadelt hätte. Sie schaute den Spiegel pro-
vozierend an.

Genussvoll und ausführlich putzte Elsa sich die
Zähne, umschmeichelte jeden Zahn einzeln, Zahn um
Zahn und genoss die Frische in ihrem Mund.

Der Spiegel hatte keine Macht über sie!

Quark

Manuel hatte Bettina verlassen. Nun saß sie da, sehnte sich nach seinen Berührungen, konnte nicht verstehen, warum er weg war. Verlassen hatte er sie wegen einer anderen, einer dünneren Frau. Hätte er sie verlassen, wenn sie schlank wäre? Bestimmt nicht! Würde er wiederkommen, wenn sie schlank würde? Bestimmt.

Das neuste Diätwunder, so las sie, war Quark: Quark morgens, mittags und abends, je 500 Gramm.

Und es wirkte. Schon eine Woche später war sie zwei Kilo leichter. Sie schaute in den Spiegel, fand aber, dass sie noch immer zu dick war. Also noch eine Woche Quark. Wieder zwei Kilo und ein kleiner Erfolg, die alte Jeans passte wieder. Wow. Vielleicht ging da noch mehr!

Der Quark schmeckte ihr. Sie hatte nicht das Gefühl, irgendein anderes Essen zu vermissen. Also noch eine Woche mehr und noch eine Woche … und noch eine.

Mit der Zeit hatte der Quark sie fest im Griff. Schon am frühen Morgen, noch vor der ersten Zigarette, vor dem ersten Schluck Kaffee, schob sie sich einen Löffel Quark in den Mund. In den Kaffee gab sie Quark statt Milch. Der Quark zerfiel in kleine Bröckchen, die sie sich aus dem Kaffee löffelte, wie andere es mit eingetauchten Brötchen taten.

Dann hatte sie bis mittags Ruhe, Seelenfrieden, ging ihrer Arbeit nach. Schrieb Essays über gesunde Ernährung und dachte, vielleicht sollte sie gesünder leben. Gegen Mittag kam der Hunger und mit dem Hunger die Gier. Als sie ihre zweite Portion hinuntergeschlungen hatte, aß sie – der Gesundheit wegen – einen Apfel. Nachmittag wieder Schreiben und abends Quark.

Ihre Umgebung ahnte nichts, im Gegenteil, gab es irgendwo ein Quarkgericht, verzichtete Bettina. Niemand sollte Verdacht schöpfen, keiner sollte merken, wie süchtig sie war.

Ansonsten aß sie, was sie vorgesetzt bekam, um es dann auf dem Klo wieder loszuwerden, Platz zu machen für den begehrten weißen Stoff.

Das ging ein ganzes Jahr so, ein ganzes Jahr mit Quark aber ohne Liebe war vergangen. Bettina war schlank. Böse Zungen hätten sie dürr genannt.

Dann traf sie Manuel. An seiner Seite eine füllige Dame, die andere böse Zungen vielleicht als dick bezeichnet hätten. Er stellte sie Bettina als seine zukünftige Frau vor.

Bettina zündete sich eine Zigarette an. Am Nachmittag trank sie ihren Kaffee ohne Quark. Vielleicht sollte sie den Quark durch Sahne ersetzen, dann würde sie zunehmen.

Keine Liebe:
Waldemar und Magdalena

Glück

»Was ist Glück?«, fragte Magdalena ihre Mutter.

»Glück«, antwortete diese, »das ist, an nichts und niemanden zu denken, im Jetzt zu sein, nichts zu spüren.«

Magdalena war enttäuscht. Wenn ihre Mutter nichts und niemanden spüren wollte, dann doch auch nicht sie, Magdalena.

Macht und Ohnmacht

Ihm war kalt. Das Fenster stand offen, doch Waldemar war zu klein, um es zu schließen. Die Kammer, in die ihn Ingeborg gesperrt hatte, war leer und unbeheizt – nur die rote Plüschdecke lag auf dem Boden.

Oben in der Ecke hatte eine Spinne ihr feines Netz gewebt. Nun saß sie fett und lauernd in der Mitte und wartete auf ihre Beute. Er nahm die Decke, schlang sie eng um seinen Körper und starrte auf die haarige Spinne.

Waldemar hatte unermessliche Angst vor Ingeborg. Sie war groß und kräftig, hatte schwarzes Haar, das sie zu einem Kranz geflochten hatte. In seinen Augen war sie eine Hexe, die ihn hasste und ihn deshalb bei jeder Gelegenheit schimpfte: Beim Essen, weil er kein Gemüse mochte, beim Spielen, weil er ihr zu laut war und beim Mittagsschlaf, weil er die Augen geöffnet hatte.

Heute war er hier, weil sie ihn mit Spinat gefüttert hatte. Dazu hatte sie ihm mit einer Hand den Mund aufgehalten und den Löffel durch den Mundspalt gezwungen. Nach dem Essen, war er zum Klo gerannt und hatte alles ausgespuckt, soweit es eben ging. Dabei hatte Ingeborg ihn ertappt und zur Strafe hier eingesperrt.

Es musste einen Weg geben, Ingeborg, die Hexe, zu vernichten, zu zermalmen. Dazu müsste sie aber erst mal kleiner sein. Und so wurde Waldemar zum Zauberer. Er stellte sich vor, wie sie immer kleiner wurde, so klein, dass er sie zerquetschen konnte. Er genoss diesen Gedanken, schmückte ihn für sich aus. Ihr Wimmern und Klagen, ihr Flehen um Gnade befriedigte ihn.

42

Dann ging sein Blick zur Spinne. Sie hatte inzwischen ihren Platz verlassen. Langsam ließ sie sich an einem seidenen Faden herunter, direkt über ihm.

Das machte ihm Angst. Diese Spinne hatte es scheinbar auf ihn abgesehen, so wie Ingeborg. Er fühlte sich ohnmächtig und ausgeliefert.

Manchmal wollte er Ingeborg gefallen, doch egal, was er tat, sie mochte ihn nicht und quälte ihn, wo sie nur konnte. Er hatte keine Chance, oder doch?

Sie war eine Hexe. Er war ein Zauberer!

Die Spinne war jetzt unten angekommen und Ingeborg geschrumpft. Hilflos zuckte sie zwischen seinen Fingern. Er riss ihr ein Bein nach dem anderen aus. Die Spinne bewegte sich weiter und hörte erst auf zu zucken, als er ihren Körper langsam zwischen Daumen und Zeigefinger zerquetscht hatte.

Die Hexe war tot! Doch bis an sein Lebensende hatte Waldemar Angst, sie könnte wiederkommen und sich rächen. Den Anblick von Spinnen ertrug er nicht mehr.

Die Taube

Als erstes hatte Magdalena nur weiße Federn gesehen und in der Mitte ein majestätisches Tier. Dann die Taube unter dem Tier, fast wie eine Todeszeremonie, eine Huldigung, eine Grabrede. Dann das Picken und erst nach längerem Hinsehen war ihr klar, dass sich hier ein Raubvogel seine Beute geschnappt hatte. Seine Beute war ihre Taube gewesen, ihre weiße Taube, ihre Friedenstaube. Und nun war es aus mit der Taube und doch wirkte alles unendlich friedlich.

Das Bild rührte sie und noch Tage später musste sie an die Szene denken, die sich in ihrem Hinterhof abgespielt hatte. Ein Wanderfalke hatte ihre Taube erlegt und anschließend verspeist. Stück für Stück hatte er das Fleisch aus dem Körper herausgepickt, ordentlich, fast penibel und sehr ästhetisch. Als sie später die Taube betrachtete, bestätigte sich das Bild, der Falke hatte die Vorderseite aufgegessen, ordentlich, fast kultiviert. Es erinnerte sie daran, wie manche Menschen eine Forelle zerlegen. Und die Taube sah bei all dem friedlich aus, würdevoll. Der Falke hatte seinem Beutetier Respekt gezollt.

Dass Grausamkeit so schön sein kann. Vielleicht wäre es doch eine Option, dem Gehassten ein Messer ins Herz zu jagen? Vielleicht würde er dann auch so friedlich aussehen? Dann würde er in ihrem Hinterhof liegen, vielleicht käme der Wanderfalke vorbei und würde ihm das Herz herauspicken? Aber vielleicht würde er auch in eines ihrer unendlichen Löcher fallen.

Magdalena … komm. Der Ruf riss sie aus ihren Gedanken. Waldemar hatte gerufen.

Unendliche Löcher

Sie war gefangen in ihrer Beziehung zu Waldemar und doch fühlte Magdalena sich ab und an frei. Ihre Freiheit bestand darin, Löcher zu bohren, unendliche Löcher. Andere würden sich vielleicht selbst verletzen, aber Magdalena war verletzt genug. Sie bohrte.

Die Löcher waren unter dem Perserteppich verborgen. Loch um Loch! Jedes davon hatte Magdalena gebohrt, immer dann, wenn Waldemar sie geschlagen und weinend zurückgelassen hatte. Dann ging er in die nächste Kneipe und kam erst am anderen Tag zurück, so, als wäre nichts geschehen.

Sie aber holte ihren Werkzeugkoffer und bohrte ein Loch in der Hoffnung, der Boden möge unter ihm aufgehen und er würde in die Tiefe fallen. Fallen und nie mehr wieder kommen.

Danach ging es ihr besser.

Vom Leben und Sterben

Blumen für die Toten

Heute hatte Waldemar seinen roten Pullover angezogen, rot, das machte ihn munter, das heiterte ihn auf, das machte ihm Laune. Vor allem schon, weil das Aufsehen erregte, weil das nicht gewollt war hier an dieser heiligen Stelle, hier, wo alle nur flüsterten, wo selbst Musik immer tragisch klang und wo nur die Tiere das Recht hatten, laut zu sein.

Er mochte Tiere, vor allem die Gänse, die er schon von weitem hörte, wenn sie sich dem Friedhof näherten. Sie übten für ihren Abflug. Schnatternd flogen sie über den Friedhof hinweg, sie würden nach Frankreich fliegen, südwestlich, hin zum wilden Atlantik.

Waldemar mochte den Herbst mit all seiner Düsternis, dem Dunst, dem Ungewissen, dem Nebel, der über die Gräber zog. Ein Eichhörnchen kam und bettelte ihn an. Er wusste, dass er es nicht füttern sollte, hatte aber immer ein paar Karotten oder Sonnenblumenkerne für die Tiere in der Tasche. Er hatte extra nachgesehen, welches Futter sie vertrugen. Waldemar kam gut mit Tieren aus.

Und er liebte den Friedhof, vor allem jetzt, in der Dämmerung, wenn die Besucher gegangen waren.

Er hatte viel zu tun: An Allerheiligen und Allerseelen würden die Angehörigen kommen, um ihre Toten zu besuchen. Er würde dafür sorgen, dass sie die Gräber gepflegt vorfanden, dass alles seine Ordnung hatte, dass sie die Zeit mit ihren verstorbenen Liebsten gut verbringen konnten.

Waldemar hatte hier besondere Rechte, denn er hatte als Friedhofsgärtner die Gabe, für jeden Toten genau die richtige Pflanze zu pflanzen. Dafür stellte er sich vor das Grab, verband sich mit der Erde und lauschte. Er brauchte nicht lange zu warten, dann verstand er die Toten, als sprächen sie in klarsten Worten zu ihm.

Heute hatte er für Elvira Rosen gesetzt mit gelben Blüten. Elvira war schon weit über neunzig gewesen, als sie starb, eine Diva, die mitten im Krieg Karriere gemacht hatte. Waldemar hatte sie klagen hören und dann den Freudenschrei, als ihr Mann tatsächlich aus dem Krieg zurück gekommen war, mit einem Strauß gelber Rosen. Morgen würde Elviras Tochter kommen, Waldemar erst entsetzt anschauen, wie das alle Kunden taten, wenn er mit seiner Wahl ins Schwarze getroffen hatte. Und dann, wenn Elviras Tochter langsam begriffen hätte, würde sie sich sehr an den Rosen erfreuen und Trost darin finden.

Die Lebendigen verstand er nicht, nur die Toten – und deren Angehörige liebten ihn, sie fanden Trost in den Blumen, Beeren oder Sträuchern, die Waldemar gepflanzt hatte. Das verschaffte ihm Ansehen bei der Friedhofsleitung.

Und so war Waldemar auch der einzige Friedhofsangestellte, der das Recht hatte, einen roten Pullover zu tragen.

Es zieht eine dunkle Wolk herein

Vergrabene Gefühle. Die Mutter hatte nie über den Krieg gesprochen. Sie war ein Kind gewesen damals, traurige Lieder hatten sie getröstet, drückten aus, was sie nicht aussprechen konnte, gruben sich in ihre Seele, bevölkerten ihr Unterbewusstsein.

Als es dann galt, ihre Tochter in den Schlaf zu singen, kamen die Lieder wieder hoch. Sie sang sie mit Inbrunst und Leidenschaft: »Es zieht eine dunkle Wolk herein, mich dünkt, es muss ein Regen sein. Und all die müden Blumen, die haben müden Tod.« Oder »Es blies ein Jäger wohl in sein Horn, und alles was er blies das war verlorn.« Und auch die zwei Königskinder, die einander so lieb hatten, die aber zusammen nicht kommen konnten, weil das Wasser viel zu tief war, so dass sie ertranken, sang die Mutter für ihre Tochter.

Nun lag die Traurigkeit auch in der Seele der Tochter. Die hörte sich zum Ausgleich Zarah Leander an: »Davon geht die Welt nicht unter, sie wird ja noch gebraucht.«

Und die Tochter hoffte sehr, dass Zarah recht hatte, denn sie selbst spürte, wie die Welt im Fieber lag, wie sich die dunkle Wolke näherte, von der die westliche Welt geglaubt hatte, sie wäre für immer verschwunden. Sie hoffte, die Welt würde davon nicht untergehen, auch wenn ihr das Argument, sie würde noch gebraucht, etwas schwach vorkam.

Der Tod ist eine sanfte Gesellin

Sofia war dem Tod begegnet, oder besser gesagt war sie ihr begegnet. Sie konnte es kaum glauben, der Tod war kein Gerippe, kein schwarzer Sensenmann und auch kein Gevatter Tod, nein, zu ihrem Erstaunen schien der Tod eine Katze mit Namen Gabriela zu sein.

Sie hatte sie im Kaffee Launer getroffen. Unscheinbar war sie am Ecktisch gesessen und Sofia hatte sich zu ihr gesetzt. Sofort sprang Gabriela ihr auf den Schoß und ließ sich kraulen. Sofia spürte, wie die Berührung sie veränderte, wie ein friedliches Gefühl, eine unbeschreibliche Ruhe und ein tiefer Friede sie umfing. Sie schlief ein.

»Vorsicht, der Tod«, brummte es aus der Ecke hinter dem Ofen, wo ein altersschwacher brauner Hund lag und einen Knochen zerbiss.

Der Tod also, dachte Sofia. Der Tod, die Katze, machte ihr keine Angst, wohl aber das Sterben. Heißt Sieben-Leben-haben auch Sieben-mal-sterben?

Die Katze schnurrte: »Wenn du dich nicht wehrst, bin ich ein weiches Tuch, ein sanfter Nebel, der dich umhüllt. Man muss sich treiben lassen, dann wird alles gut.«

»Der Tod, la Muerte, ist eine sanfte Gesellin. Sie kommt, streichelt dir über die Wangen und nimmt dich mit, bevor du es merkst,« flüsterte der Hund.

Langsam löste sich Gabriela aus Sofias Umarmung. Mit einem Satz sprang sie über den Tisch und landete auf Sam, dem alten Hund. Zärtlich leckte sie ihm das Fell, streichelte über sein Gesicht und legte sich zu ihm. Sam stöhnte auf, schloss die Augen und starb.

In diesem Moment wachte Sofia auf. Was hatte sie da nur geträumt? Hatte sie mit einer Katze über den Tod philosophiert? Und was war mit dem Hund los, der da regungslos in der Ecke lag?

Sofia war todkrank. Das erste Mal seit vielen bangen Wochen hatte sie keine Angst vor dem Sterben. Sie fühlte sich getröstet.

Verschmähte Liebe

Eva

Braungraumeliert … er hatte sie selbst geformt, aus Lehm, mit feuchten Händen. Erdiger Geruch lag in der Luft. Zufrieden betrachtete er sie: Eva.

Er stand auf, schlurfte zum Brunnen, füllte den Kelch, trank das frische Wasser in einem Zug. Sein Spiegelbild im Brunnen zeigte einen gebeugten Mann. Das Bild trog, er war aufgeregt, voller Energie, in freudiger Erwartung.

Nur noch drei Beschwörungen, den Zickzackweg und die letzte Formel – dann würde sein Lebenswerk lebendig werden, eine richtige Frau aus Fleisch und Blut.

Balumdei. Malumbei. Fabum. Das Ritual war genau beschrieben. Im Zickzack ging er auf Eva zu. Es war wichtig, dass er keinen Schritt zu viel machte. Sieben Schritte: drei nach Süden und vier nach Norden, hin zu Eva und das letzte Wort gesprochen!

Für ihn war sie schon jetzt lebendig. So oft hatte er sie umschlungen, ihren erdigen Atem eingesogen, ihren braunen Mund berührt, sachte, um sie nicht zu erschrecken. Eva hatte er sie getauft: E wie Erde, V wie Versuchung und A wie ›Alles was ich mir je im Leben gewünscht habe‹.

Behutsam ging er die geforderten Schritte, stand vor ihr, bewunderte sein Werk. Elf Jahre Arbeit lagen hinter ihm. Er kannte jede Erhebung in ihrem Gesicht, jede Strähne in ihrem Haar.

Wie würde es sein nach der Verwandlung? Würde sie ihn lieben? Würde sie ihren erdigen Moschusduft behalten? Würde er wie jetzt dann immer noch über ihre mal glatte, mal raue Oberfläche streicheln dürfen? Es fehlte nur noch die letzte Formel. ›Famdambadalum‹ müsste er jetzt sagen.

Er holte Atem, öffnete den Mund. Doch kein Wort kam über seine Lippen. Nein! Er liebte sie, wie sie war. Reglos und stumm – und so sollte sie bleiben.

Maintau Extra

Schon über ein Jahr lang verharrte Maintau in der hintersten Ecke im obersten Fach des Kühlschrankes. Immer wenn das Licht anging, hoffte sie, jetzt würde sie herausgenommen, doch dann griff die Hand zum Meerrettich, der eher zufällig neben ihr stand, oder zum Fisch vom Vortag, der in einer Schüssel verpackt einen penetranten Geruch verbreitete, oder zur Milch, die frisch vom Bauern kam und in einem viereckigen Behälter entrahmt wurde.

Maintau vermutete, dass es an ihrer Herkunft lag: Maintau Extra aus dem Supermarkt. Wahrscheinlich war sie ein Verlegenheitskauf gewesen, denn die Besitzerin legte wohl Wert auf Bio und selbstgemachte Speisen. Im Fach unter ihr gab es eingelegte Kapuzinerkresse-Samen, ein Kapuzinerkresse- und ein Basilikumpesto sowie etliche Gläser mit rotem Paprikachutney. Die Joghurts waren bio, die Eier frisch vom Bauern und das Fleisch und die Wurst waren nie in Folie eingeschweißt, wie Maintau es vom Supermarkt her kannte.

Und es war auch nicht so, dass die Kühlschrankbesitzerin keine Marmelade mochte. Maintau hatte Dutzende von Marmeladen den Kühlschrank betreten und wieder verlassen sehen, viele dufteten nach frischem Obst, im Frühling nach Beeren, im Sommer nach Äpfeln und im Herbst nach Quitten mit Zimt und manchmal ein bisschen alkoholisch.

Ein ähnlich trostloses Dasein fristete die Orangenmarmelade. Daher empfand Maintau es besonders demütigend, wenn diese herausgeholt und halb leer wieder in den Kühlschrank gestellt wurde. Zumindest wurde die ab und zu gebraucht!

Weitere Leidensgenossen wie die Limodose waren schon im Kühlschrank gewesen, als Maintau vor einem Jahr angekommen war. Wahrscheinlich war ihr Haltbarkeitsdatum längst überschritten.

Auch die Senfsorten hatten es nicht leicht, denn die Kühlschrankbesitzer aßen selten Würstchen mit Senf, schienen aber beim Einkauf kaum widerstehen zu können angesichts der vielen Senfsorten, die es gab: Von Dijon-, über Bautzen-, zu Chilisenf, alle angebrochen, aber noch relativ voll. Der Delikatesssenf vom Supermarkt hingegen war noch ungeöffnet, was, so vermutete Maintau, auch an seiner Herkunft lag.

Heute gab es nur noch den Chilisenf, denn vor ein paar Wochen war etwas Unerwartetes geschehen.

»Anfangs hatte ich tatsächlich gedacht, sie meinten mich, wollten endlich von mir naschen, als sie mich aus dem Kühlschrank holten«, erzählte sie hinterher der Orangenmarmelade, mit der sie sich trotz allen Neides angefreundet hatte. Doch das war ein Irrtum. Gemeinsam mit allen anderen Produkten wurde Maintau auf der Küchenablage abgestellt. Dort konnte sie beobachten, wie jedes Glas, jeder Behälter taxiert wurde. Passte das Haltbarkeitsdatum, wurde es abgewaschen und zurück in den Kühlschrank gestellt, wenn nicht, landete es im Abfalleimer.

Maintau zitterte: Ihr Haltbarkeitsdatum passte zwar noch, doch sie war sich unsicher, ob das das einzige Auswahlkriterium war. Oder würde Sympathie und Geschmack auch eine Rolle spielen. Die Kühlschrankbesitzerin schien sie ja nicht zu mögen, wobei Maintau von ihrem eigenen guten Geschmack überzeugt war. Sie sah gerade noch, wie die Aldi-Dose entsorgt wurde, als man sie packte und über das Spülbecken hielt. Eine Hand wusch mit einem Spüllappen über ihr Glas. Nach dem Abtropfen erhielt sie ihren gewohnten Platz in der rechten hinteren Kühlschrankecke.

Ihr war seltsam melancholisch zumute. Die Kühlschrankbesitzerin hatte sie angefasst, sogar gewaschen und nicht entsorgt. Scheinbar war sie doch etwas wert. Sie war noch da, wenn auch ungenutzt.

Der Kühlschrank roch anfangs ungewohnt, steril und sauer, vielleicht nach einer Mischung aus Essig und Zitrone. Doch bald zog wieder Normalität ein, die Düfte kehrten zurück und Maintau war dankbar, dass sie noch existierte. Sie freute sich über die eingelegten Soleier, die Weißwürste, die samstags vom Marktmetzger kamen und nie länger als bis zum Mittag im Kühlschrank lagen und sogar über den Käse, der, wenn er nicht gerade unter seiner Glocke lag, den Geruch im Kühlschrank dominierte, nur übertroffen vom Duft des frischen Sauerkrauts, das über den Winter fast jeden Samstag frisch gekauft und zu Salat verarbeitet wurde.

In den unteren Etagen gab es Obst und Gemüse, Weißwein und Sekt und ab und an füllte sich der Kühlschrank mit Essensmengen, von denen sie sich nicht vorstellen konnte, dass man das zu zweit essen konnte. Wahrscheinlich die Zutaten für ein Fest! Das freute sie, denn die Aussicht auf ein Fest verlieh ihr die Hoffnung, dass vielleicht der eine oder andere Gast Lust auf Maintau Extra bekommen könnte – nur mal so angedacht, nur so geträumt.

Es hatte letzten Monat mit einem kleinen Kitzeln angefangen, das immer intensiver geworden war. Jetzt war ihre Oberfläche voller Härchen. Erst wollte sie die Entwicklung nicht wahrhaben, doch als die Härchen immer dichter wurden, wurde ihr Verdacht zur inneren Gewissheit: Sie hatte Schimmel angesetzt!

Das änderte alles. Sie war froh, wenn sie nicht entdeckt wurde. Der Kühlschrank war zum Zufluchtsort geworden, an dem ihr nichts passieren konnte, solange sie an ihrem Platz blieb. Jetzt ging es darum, sich zu verbergen und unbemerkt in ihrer Ecke zu verharren.

Vergangene Liebe

Paartherapie in Paris

Helen rückte ihren grünen Hut zurecht. Endlich hatte Franziska aufgehört, ihrer Reisegruppe Paris erklären zu wollen. Eine Reiseführerin, der nichts anderes einfiel, als Wikipedia zu zitieren, war in ihren Augen lächerlich. Helen hasste Dilettantismus.

Franziska war eine Niete, doch das schien diese nicht zu stören, im Gegenteil, sie genoss ihre Rolle als Stadtführerin. Das änderte sich, als sie ihr Handy für den Rückweg suchte. Nervös durchstöberte sie ihre Tasche, scheinbar konnte sie es nicht finden.

Nun irrte die kleine Reisegruppe durch Paris und die Reiseführerin hatte weder einen Stadtplan, noch wusste sie, wo der Bus stand. Typisch, dachte Helen, heute verlassen sich die jungen Leute auf ihr digitales Gehirn, ohne das eigene einzuschalten.

Der Bus stand drei Straßen weiter, in der Rue Madelaine, aber das würde Helen nicht verraten. Sollte die Gruppe doch umherirren, dachte sie hämisch. Sie genoss die zunehmende Verwirrung und kostete ihre Überlegenheit aus. Denn im Gegensatz zu Franziska kannte Helen Paris wie ihre Westentasche. Als sie noch verliebt waren, hatte sie hier oft mit Robert ihren Urlaub verbracht. Er hatte sich damals gerne von ihr führen lassen, dankbar dass sie, anders als er, niemals die Orientierung verlor.

Jetzt waren sie in Paris, um ihre Beziehung aufzufrischen. Ihre Paartherapeutin hatte diese Reisegruppe empfohlen, obwohl Helen lieber allein mit Robert hier gewesen wäre. Sie würde wohl die Therapeutin wechseln müssen, denn der Urlaub mit diesen Leuten war eine Katastrophe.

Rita aus Schwaben schien sich ausschließlich für Hunde zu interessieren und verglich jeden Köter mit ihrem Tasso; der frommen Irene aus Oberbayern war es egal, wie die Kirchen hießen, die sie besuchten, Hauptsache, sie konnte beten.

Am schlimmsten war Franziska, ihre unfähige Reiseleiterin. Mit ihrem dummen Gekicher, den langen Beinen, dem unverschämt jungen Körper und den rot geschminkten Lippen zog sie die Männer der Reisegruppe in ihren Bann. Leopold tippelte ihr eilig hinterher, jammerte über seine schmerzenden Füße und Raul machte ihr Komplimente, wobei er sich gleichzeitig nach jeder anderen hübschen Frau umdrehte.

Auch Robert hing an Franziskas Lippen, interessierte sich plötzlich für Denkmäler, ohne zu merken, wie dumm Franziska war, wie sie alles durcheinander brachte, wie sie Kirchen- und Straßennamen verwechselte. Sie, seine Ehefrau, nahm er kaum mehr zur Kenntnis.

Doch nun schien die Stimmung zu kippen. Um Roberts Mundwinkel breitete sich ein leichtes Zucken aus, das Helen normalerweise hasste. Jetzt registrierte sie es mit Genugtuung. Auch Rauls Komplimente wurden weniger und Leopold lief immer langsamer.

»Also mein Tasso würde den Bus finden, der hat einen untrüglichen Instinkt«, versicherte Rita und Leopold wies darauf hin, dass er mit seinen müden Beinen nicht mehr lange würde laufen können.

Jetzt waren sie auf der Höhe der Église Saint-Germain-des-Prés und Franziska musste entscheiden, ob sie den Bus links oder rechts suchen sollte. Helen grinste in sich hinein, als sie sich für die falsche Richtung entschied.

Raul fragte noch, ob sie sich sicher sei und Franziska nickte. »Ja, ja, da muss es sein.« Um Roberts Mundwinkel zuckte es heftiger.

Alle folgten ihr auf dem falschen Weg, die Rue Bonaparte entlang. Helen überlegt kurz, ob sie die Gruppe verlassen sollte, aber langsam machte ihr der Ausflug Spaß. Mit jeder Abzweigung schien Franziska unsicherer zu werden. Sie schaute auf jedes Straßenschild, was ihr nichts nutzte, denn ohne Handy war sie aufgeschmissen. Sie bog mal hier, mal dort ab. Wieder falsch, wie Helen lächelnd feststellte. An der nächsten Kreuzung hätte Franziska noch einmal die Chance gehabt, den richtigen Weg einzuschlagen, aber sie führte die Gruppe geradeaus. Wie peinlich, dachte sich Helen. Halt dumm, wenn man sich die Straße nicht gemerkt hat!

Mittlerweile irrten sie schon über zwei Stunden durch die Stadt. Ein Ende der Odyssee schien nicht in Sicht. Robert brauchte Sicherheit, mit unsicheren Situationen konnte er schlecht umgehen. Sie, Helen wusste immer, wo es lang ging und das war einer der Gründe, warum sich Robert in Helen verliebt hatte.

Je länger sie umherirrten, desto mehr merkte Helen, dass Robert ihre Nähe suchte. Je näher er ihr kam, desto mehr wurde ihr bewusst, wie weit sie sich von ihm in diesen zwei Stunden entfernt hatte. Als er nach ihrer Hand griff, entzog sie sie ihm.

»Mir tut der Rücken weh«, klagte Leopold und Raul schwärmte vom Reiz der Französinnen. Neben Helen ging Irene. Sie schien ihr still, in sich gekehrt, gottergeben eben. Helen hatte Lust, sie ein wenig zu provozieren. »Schau mal, Irene, das ist eine schöne Kirche! Vielleicht sollten wir alle mal innehalten und du könntest für uns beten«, schlug sie vor. Irene lächelte irritiert und Leopold griff den Faden auf. »Helen hat recht, wir sollten mal innehalten«, sagte er. »Ich habe den Eindruck, dass Franziska keine Ahnung hat. Und außerdem wäre es schön, man könnte sich mal hinsetzen.«

»Wir brauchen einen Plan«, stimmte Robert zu. »Ach wäre doch nur mein Tasso da«, war Ritas Kommentar. Raul entdeckte das Eck-Café und alle setzten sich um einen Tisch.

Nur Helen ging weiter. Ab jetzt wollte sie Paris allein für sich genießen. Ihre Paartherapeutin würde unzufrieden sein, denn Helen brauchte sie nicht mehr. Paris war die perfekte Therapie.

Frau Sommerkäfer oder: Der Wert der Arbeit

Was hat meine Arbeit denn noch für einen Wert, dachte sich Frau Sommerkäfer und legt sich ins Gras.

Die Sonne brannte auf sie herunter. Eigentlich ein Grund zum Glücklichsein, doch sie war traurig, tieftraurig. Ihr letztes Kind war gestern ausgezogen und sie war allein.

Ihr Käfergatte war in der Arbeit. Wenn er nach Hause kam, erschien er ihr immer sehr ausgeruht und glücklich. Sein Job war, die Arbeit der Sommerkäfer zu beaufsichtigen und dafür zu sorgen, dass in der Grasverarbeitung alles reibungslos lief. Zum Austausch darüber traf er sich mit anderen Sommerkäfern, meist auf der Wiese beim Käfergolf.

Wenn er nach Hause kam, beklagte er sich, wie anstrengend es sei, eine solche Verantwortung zu tragen. Ja, Verantwortung, mein Schatz, das ist das Wertvolle an meiner Arbeit, dafür werde ich bezahlt.

Sie selbst hatte bis gestern Verantwortung für die Familie getragen, unbezahlt. Heute wusste sie nicht mehr, was das alles für einen Sinn haben sollte, das Kochen, das Aufräumen, das Panzerputzen …

Und so lag sie da und sinnierte über den Wert der Arbeit.

Als Herr Käfer am Abend nach Hause kam, lag seine Frau immer noch im Gras und tat … nichts! Es stand kein Essen auf dem Tisch, sie hatte sich nicht herausgeputzt, ihr Panzer war stumpf.

Besorgt fragte er sie, ob sie krank sei, aber sie antwortete nicht. Wertlos … hörte er sie nur immerfort murmeln.

Späte Liebe

Fürth im Übermorgen:
Herr Bocklmann ist dagegen

Hoch soll sie leben, hoch soll sie leben, drei Mal hoch! Schon morgens hatten sie Elena ein Ständchen gesungen, die Freundinnen und Freunde aus der Straße, die Oberbürgermeisterin und Herr Bocklmann, zwar etwas schräg, aber doch sehr schön.

90 Jahre, das ist schon was! Am Nachmittag erwartete Elena die Geburtstagsgäste, aber vorher hatte sich eine Reporterin angekündigt. Elena stellte den Apfelkuchen auf den Tisch, selbstgebacken aus eigenen Äpfeln. Der Apfelbaum stand als Spalier vor der Haustür. Elena erinnerte sich, wie sie eine der alten Apfelsorten vor dem Aussterben gerettet hatte. Das würde sie der Reporterin auf jeden Fall erzählen. Und dann natürlich auch von Herrn Bocklmann, der immer gegen alles war.

Es klingelte und Elena öffnete die Türe für Mania Randell, die für die Fürther Nachrichten ein Interview mit ihr vereinbart hatte, denn schließlich war Elena eine Zeitzeugin, eine, die die Fürther Wende mitgestaltet hatte.

»Wie alles angefangen hat? Wenn ich mich recht erinnere, mit einem Hochbeet auf der Fürther Freiheit. Damals war die Freiheit noch ein großer Parkplatz, können Sie sich das vorstellen?«

Mania Randell konnte, denn sie hatte auf den Archivbildern gesehen, wie die Stadt damals von Autos beherrscht wurde.

Wenn sich Elena an ihre Jugend erinnerte, so hatte sie den Abgasgeruch in der Nase, das laute immerwährende Surren des Verkehrs. Sie hatte Autos gehasst, war meistens mit dem Fahrrad unterwegs und fühlte sich oft bedrängt, wenn die Autos keinen Abstand hielten.

»Alles voller Autos«, fuhr Elena fort, »nur zu großen Festen wurde die Freiheit von den Autos befreit und natürlich für die Fürther Kirchweih. Übrigens, kennen Sie Herrn Bocklmann, den ehemaligen Stadtrat? Herr Bocklmann fuhr damals einen 5er BMW und er regte sich immer auf, wenn schon Mitte September die Innenstadt gesperrt wurde und die Autos der Fürther Kärwa weichen mussten.«

Mania verzog das Gesicht: »Ach, den Bocklmann, den kenn ich gut, das ist der, der ständig Bürgermemos an die Fürther Nachrichten schickt. Und stellen Sie sich vor, bei der letzten Kärwa hat Herr Bocklmann sich beklagt, dass der Garten auf der Freiheit spätestens Ende September abgeerntet wird, das sei doch nicht nötig, meinte er.«

»Ja, genau der Herr Bocklmann, wo immer es geht, ist er dagegen, aber manchmal – wenn auch Jahre später – ändert er dann seine Meinung. Jetzt findet er den Freiheits-Garten gut. Früher war er gegen die Begrünung, schon weil er seinen eigenen Garten hätte umgestalten müssen. Der war voller Steine, Wasser und Sand. Feng-Shui, hatte er einmal zu mir gesagt und gezwinkert, das setzt romantische Energien frei! Na ja, ein attraktiver Mann war er schon, der Herr Bocklmann, auch heute noch, aber halt immer dagegen. Später, als es dann in der Stadt immer heißer wurde, da half ihm alles Feng-Shui nicht, da kam er gerne in meine kühle Wohnung, denn durch die Hausbegrünung ist es bei mir meistens ganz angenehm.«

Auch heute war Elenas Wohnung gut temperiert, insgesamt konnte man es in Fürth auch bei Hitze aushalten, die meisten Straßen waren begrünt.

Elena dachte daran, wie schön das Miteinander durch die gemeinsame Gartenarbeit geworden war, wie sich Beziehungen geändert hatten und die Stadt, trotz Klimawandel, lebenswert geblieben war. Und dann fiel ihr wieder Herr Bocklmann ein, der zwar nicht gärtnerte, aber doch Anteil an der Bewegung nahm. Irgendwie hat er sie all die Jahre doch immer begleitet.

»Wissen Sie, Frau Randell, als wir Mitte der 20er Jahre das Almendewesen einführten und jeder alles ernten durfte, fürchtete Herr Bocklmann, dass das nur Schmarotzer anziehen würde. Anfangs sah es sogar so aus, als hätte er Recht. Ich war auch oft ganz schön sauer, wenn meine Ernte mal wieder über Nacht verschwunden war. Aber das Gärtnern war ansteckend, bald baute jeder Obst und Gemüse an, das Saatgut wurde ja von den Steuergeldern bezahlt. Schon im dritten Jahr war klar, dass es genug für alle gab und die Raubzüge wurden sinnlos, ich glaube sogar, dass manch ehemaliger Dieb unter die Gärtner ging.«

Für Mania Randell war es selbstverständlich, sich immer und überall mit feinstem Obst und Gemüse bedienen zu dürfen. Und sie freute sich über die gute Luft, das funktionierende Verkehrssystem und die Lebensqualität in einer Stadt ohne Autos. Wie es dazu gekommen war? »Nun, als man das Auto gegen freien Nahverkehr oder ein hochwertiges E-Bike eintauschen konnte, hatten die meisten freiwillig auf ihr Auto verzichtet. Und später hatten wir wirklich mutige Stadträtinnen und Stadträte, die – über alle Parteigrenzen hinweg – den Entschluss fassten, Fürth für private Autos zu sperren. Sie können sich schon denken, dass Herr Bocklmann wieder mal dagegen war.«

Elena fuhr inzwischen nicht mehr mit dem Rad, sondern nutzte den freien Nahverkehr. Sie genoss es, ohne Fahrschein zu fahren und höchstens drei Minuten auf einen Bus warten zu müssen.

»Übrigens, Frau Randell, sie können sich wahrscheinlich gar nicht vorstellen, wie kompliziert früher das öffentliche Nahverkehrssystem war. Da musste man verschiedenste Fahrscheine lösen und hatte dann nicht mal einen eigenen Platz. Und man musste an vorgegebenen Haltestellen ein- und aussteigen und manchmal sogar zwanzig Minuten auf einen Bus warten. Fürchterlich war das, vor allem im Winter!«

Auch Mania Radell fuhr gerne mit den Öffentlichen und bestätigte Elena, dass auch die Leserinnen und Leser voll des Lobes seien, nur Herr Bocklmann beschwere sich oft und hätte letzte Woche wieder ein Memo geschrieben, weil er keinen Fensterplatz bekommen hatte.

»Aber wissen Sie,« sagte Elena nachdenklich, »manchmal sollte man auch auf Herrn Bocklmann hören, manchmal hat Herr Bocklmann tatsächlich Recht. Als ich mich damals habe chippen lassen, um einfacher reisen und bezahlen zu können, da hat Herr Bocklmann mich gewarnt. Tue das nicht, Elli, hatte er zu mir gesagt, mich fast schon angefleht. Da können sie dich jederzeit und überall überwachen, sie können Software aufspielen, die du nicht bestellt hast, ja ich fürchte sogar, sie können dein Gehirn manipulieren. Gehirn manipulieren, so ein Quatsch, dachte ich. Und dann gab es doch diesen Skandal, wo man tatsächlich Menschen mit dem Chip manipuliert hatte, um andere zu töten. Zwar nicht bei uns, aber mir ist ganz anders geworden. Ich hab mir den Chip dann gleich rausoperieren lassen und heute ist das Gott-sei-Dank nicht mehr modern.«

Mania Randell erinnerte sich, das war ein Hype in ihrer Jugend. Auch sie wollte sich damals chippen lassen, doch ihre Eltern hatten es nicht erlaubt. Welch ein Glück.

»Ja,« fuhr Elena fort, »das hat ja für viele ein Umdenken bewirkt. Seitdem greifen die meisten Menschen doch wieder auf das gute alte Telefon als Kommunikationsmittel zurück. Aber ich schweife ab. Obwohl, witzig ist das schon, dass vieles wieder in Mode ist, was ich von früher her kenne. Ihre Zeitung erlebt einen Aufschwung, die Menschen lesen wieder und schauen Sie, sogar im Fürther Stadttheater gibt es jetzt wieder echte Schauspieler und nicht mehr nur diese unsäglichen Hologramme und KI-Vorstellungen. Nächste Woche gibt es eine Wiederaufnahme aus meiner Jugend, die Schneekönigin. Ich habe mir zwei Premierenkarten von meinen Kindern zum Geburtstag gewünscht.«

Vielleicht kann ich ja Herr Bocklmann wirklich überreden mitzukommen, dachte Elena bei sich. Von unten hörte sie die Geburtstagsgesellschaft ankommen. Sie hatte schon ein Schnäpschen für Herrn Bocklmann bereitgestellt und – wer weiß – vielleicht würde sie ihm heute erlauben, länger zu bleiben.

Dieser Text erhielt beim Schreibwettbewerb »Fürth im Übermorgen« den 3. Platz und wurde 2021 in der entsprechenden Anthologie veröffentlicht.

Vorurteile

Sie könnte … oder auch nicht

Marianne hieß sie, hat sie gesagt, nach Hause muss sie, hat kein Geld für das Ticket, neunzehn Euro neunzig kostete es … sie schäme sich, hat sie gesagt.

Clemens kramte in seinem Geldbeutel, er hatte, außer ein paar wenigen Münzen, kein Bargeld.

Marianne saß da in ihrem Elend, sie hatte, nein, das war selbst Clemens peinlich, wenn er an das eingenässte Hosenbein dachte.

Das hatte schließlich den Ausschlag gegeben. Clemens schaute auf die Uhr, fünf Minuten, bis sein Zug fuhr, die Bank war um die Ecke. Er eilte zur Bank, hob Geld ab und gab Marianne fünfundzwanzig Euro – für das Ticket – und vielleicht für einen Kaffee. Dann musste er sich beeilen. Der Zug fuhr bald ab. Marianne – scheinbar glücklich – fragte noch, ob sie für ihn beten dürfe. Clemens, der Atheist, meinte »freilich«, dachte: Schaden kann's nicht.

Der böse Gedanke kam erst im Zug: Und wenn Marianne jetzt für das Geld Alkohol kaufte? Es nagte noch am nächsten Tag an ihm … hatte er ihre Sucht gefördert? Er wusste es nicht, sie könnte … oder auch nicht.

Der Mensch war selbstbestimmt – und wenn der Alkohol ihr über den Tag geholfen hatte?

Clemens ließ den Gedanken los. Er beschloss, es wieder genau so zu tun. Alkohol hin oder her.

Frühschicht

Da saß sie, extra rot geschminkte Lippen um neun Uhr morgens, goldfarbenes Handy, blond-gefärbter Pagenschnitt. Morgens schon geschminkt wie am Abend! Auch abends wäre das übertrieben. Hochhackige Stiefel, Minirock!

Ullas Phantasie ging mit ihr durch. Diese Frau war eine Schönheit. Und eine Ohrfeige für alle anständigen Frauen. Was fuhr sie so öffentlich durch die Stadt? Wahrscheinlich war sie eine Edelnutte, die gerade zu ihrem Edelfreier fuhr. Der hatte wahrscheinlich nachts keine Zeit für sie, Familie und so. Deshalb die Frühschicht.

Und was wenn nicht? Sie könnte ja einfach nur eine Frau sein, die gerne hübsch und sexy aussah, egal, um welche Zeit.

Am nächsten Tag trug Ulla ihren roten Abend-Lippenstift auf und genoss es, schon am Morgen gut auszusehen.

Ihr gegenüber saß ein Frau, die sie missbilligend betrachtete. »So eine graue Maus«, dachte sich Ulla.

Salami-Allergie

Er stank, definitiv! Nach Salami – nachhaltig nach Salami.

Der Duft stieg Ulla in die Nase. Sie zog die Nase zusammen, in der Hoffnung, dass sie der Geruch nicht so stark träfe – aber keine Chance, es stank!

Er saß ihr gegenüber. Er gefiel ihr: braune lockige Haare, sinnlicher Mund, schöne Hände und sie sola.

Er sah sie an. Sie hatte Lust, mit diesem Mann zu flirten. Wäre da nicht dieser alles dominierende Geruch!

Salami! Sie konnte sich nicht entziehen ... die Macht der Düfte war gewaltig, mehr als alle anderen Sinne regierte ihr Geruchssinn. Die Nase roch auch in der Nacht, oder?

Anders herum denken

Wem Gott will linke Gunst erweisen

Karl ist ein linker Mensch mit linker Gesinnung.

Er geht stets den linken Weg, wandelt auf dem linken Pfad der Tugend. Er hat immer Link und das Link ist immer auf seiner Seite.

Er ist ein durch und durch gelinkter Mensch – er hat nur ein Problem: Er ist Rechtshänder!

Die gute Haut

Anna hat eine dicke Haut,
    der kann man schon was zumuten.
    Sie ist eine gute Haut.

Emilia hat eine dünne Haut,
    da muss man Rücksicht nehmen.
    Ein Glück, dass ihre Freundin Anna
    eine gute Haut ist.

Friedrich ist eine ehrliche Haut,
    er sieht Emilia auf der faulen Haut liegen,
    und beschwert sich bei Anna.

Anna kann nicht aus ihrer Haut,
    sie nimmt Rücksicht auf Emilia,
    das geht Friedrich unter die Haut.

Mit fünf Haikus in die Berge

Die S-Bahn fährt ein.
München Ost: Drei steigen aus.
So ist das Leben!

Föhn, weite Berge
nähern sich während der Fahrt.
Ein Trugschluss, vielleicht?

Die Aussicht ist schön.
Ein Flugzeug stört die Aussicht.
Das Flugzeug stürzt ab.

In deinen Schuhen,
ausgelatscht und viel zu groß,
möcht ich nicht stecken.

Der Gipfel ist nah,
die Füße schmerzen schon sehr.
Wo gehts nach unten?

Der Scheinwerfer

Der Scheinwerfer wirft Scheine,
    da ist er nicht alleine.

Wer Scheine wirft, der Schweine
    und alles andre Feine,
    sich leisten kann,
    ist ein gemachter Mann.

Die Frau dagegen kann
    sich oft nur *mit* dem Mann,
    die Schweine und das Feine leisten,
    alleine fastet sie am meisten,

doch fastet sie auch für den Mann,
    damit *der* sie sich leisten kann.

Mit oder gegen den Strom

Wer mit dem Strom schwimmt, schwimmt
bequem, doch die wahren Schätze liegen
verborgen jenseits der großen Wasser.

Wer gegen den Strom schwimmt, eckt an,
trägt Schrammen davon, riskiert Risse,
doch auch er verlässt den sicheren
Wasserlauf nicht.

Wer aber eingefahrene Denkstrukturen
verlässt, wer aus dem Wasser steigt und
unbekanntes Land betritt, weiß nicht, wohin
es geht, doch der Weg wird sich lohnen.

Denn geistige Freiheit, Unabhängigkeit,
Neugier und Abenteuer sind die Begleiter
auf dem Weg zu den wahren Schätzen der Erde.

Brigitte Stenzhorn, geb. 1960, lebt in Fürth. Das Buch zeigt einen Querschnitt ihrer zehnjährigen Arbeit. Motiviert durch einen Schreibwettbewerb des Fürther Stadttheaters, bei dem sie den ersten Platz erzielte, begann sie 2014 mit dem Schreiben. Ihre Miniaturen und kurzen Geschichten wurden seitdem in verschiedenen Zeitschriften und Anthologien veröffentlicht.

Lemonie Pearl, geb. 1971, lebt und arbeitet in Nürnberg (lemonie-pearl.com). Im Anschluss an ihre Zeit als Art Director studierte sie Bildende Kunst und widmet sich seitdem vor allem der Malerei. Ihre Arbeiten sind in Ausstellungen vertreten und faszinierten zuletzt 2023 bei ihrer umfangreichen Einzel-Präsentation in Fürth die Besucherinnen und Besucher.

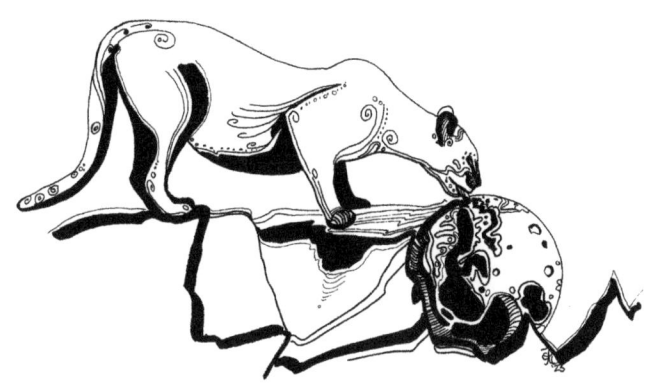